À Émile

J'espère que tu auras autant de plaisir à le lire que j'en ai eu à l'~~école~~ l'écrire.

Carole Muloin
XX

D1289321

Nous remercions le ministère du Patrimoine canadien,
la SODEC et le Conseil des Arts du Canada
de l'aide accordée à notre programme de publication

Patrimoine   Canadian
canadien   Heritage

SODEC
Québec

LE CONSEIL DES ARTS   THE CANADA COUNCIL
DU CANADA   FOR THE ARTS
DEPUIS 1957   SINCE 1957

ainsi que le Gouvernement du Québec
– Programme de crédit d'impôt
pour l'édition de livres
– Gestion SODEC.

Illustration de la couverture
et illustrations intérieures :
Elsa Myotte

Édition électronique :
Infographie DN

Dépôt légal : 1er trimestre 2002
Bibliothèque nationale du Canada
Bibliothèque nationale du Québec

123456789 IML 098765432

L'AFFAIRE DAFI

Données de catalogage avant publication (Canada)

Muloin, Carole

    L'affaire Dafi

    (Collection Sésame ; 39)
    Pour enfants de 6 à 8 ans.

    ISBN 2-89051-813-2

    I. Titre II. Collection.

PS8576.U45A73 2002   jC843'.6   C2002-940074-0
PS9576.U45A73 2002
PZ23.M84Af 2002

CAROLE MULOIN

L'AFFAIRE Dafi

roman

**ÉDITIONS
PIERRE TISSEYRE**

5757, rue Cypihot, Saint-Laurent (Québec) H4S 1R3
Téléphone: (514) 334-2690 – Télécopieur: (514) 334-8395
Courriel: ed.tisseyre@erpi.com

*À Alexandra et Ariane Tardif,
deux superbes petites filles
que j'ai eu le bonheur
de croiser.*

1

LE DÉLUGE

J'aimerais penser à autre chose, mais je n'y arrive pas. Une grosse boule de larmes se forme en moi, juste à côté du cœur. Habituellement, quand cette boule réussit à atteindre la gorge, c'est que la catastrophe est tout près. Et il ne faut pas plus de quelques secondes pour que tout éclate. C'est comparable au déluge qui a touché la région du Saguenay–Lac-Saint-Jean! Mes eaux débordent, les digues s'effondrent, les sanglots envahissent tout mon corps. Plus j'essaie de me retenir, et pire c'est. On ne peut rien contre la nature qui se déchaîne. Il faut attendre qu'elle se calme. Ma peine aussi…

Ce matin, Carmen nous propose la lecture d'un texte sur les c-h-i-e-n-s. Je suis incapable d'entendre et de prononcer ce mot. Les lettres toutes seules ne veulent rien dire; c'est quand on les accole les unes aux autres qu'elles prennent tout leur sens. Et quand ces lettres deviennent tout à coup ce mot à deux oreilles et une queue… cela m'est insupportable.

Mes yeux parcourent le texte et se posent immanquablement sur le mot en question. Ce sera bientôt à mon tour de lire. Je dois tenter de le faire tout en pensant à autre chose. Mais à quoi? Tout mon univers tourne présentement autour de mon c-h-i-e-n.

Voilà, c'est à moi…

Je toussote, pour faire croire que j'ai mal à la gorge. Rien. Pas le moindre son. Mon cœur bat plus vite, et les lettres c-h-i-e-n me fixent. Tout à coup, elles s'embrouillent, comme le pare-brise de la voiture de mon père lorsqu'il pèse sur le bouton «lave-glace». Qui a touché au bouton?

Je lève la tête. Tous les élèves de la classe me regardent en silence.

J'ai l'impression qu'un «bulletin spécial» diffuse mon visage en ondes partout sur la planète et que les habitants de la terre entière attendent, en retenant leur souffle, que j'ouvre la bouche.

Je baisse la tête. CHIEN!!!

Et voilà! La catastrophe météo-
rologique est déclenchée… Mon
menton tremble. La boule de
larmes franchit ma gorge. Fermez
vos téléviseurs, il n'y a plus rien à
voir !

Carmen me chuchote à l'oreille de la suivre. J'aimerais lui parler de ma peine, mais j'en suis incapable. Elle a compris et n'insiste pas.

2

LE SORT DE DAFI

Je ne veux pas entendre dire que le temps finit toujours par guérir les peines. J'ai besoin d'ouvrir mes écluses et de pleurer toutes les larmes de mon corps, car, demain, ma mère conduira mon chien Dafi chez le vétérinaire. Il lui injectera un poison dans les veines. Un poison qui enlève la vie doucement, sans douleur. Quelqu'un l'a-t-il essayé pour m'assurer qu'il ne souffrira pas ?

Le mois dernier, nous avons vendu notre maison. Nous déménageons bientôt chez Louis, le nouveau conjoint de ma mère. Louis habite dans un grand condo, et un règlement interdit à tous les propriétaires de posséder un animal. Nous devons donc nous débarrasser de Dafi.

Comme la peine, qui n'est pas exprimée, se transforme souvent en toutes sortes de malaises ou de maladies, je ne veux pas la garder en moi. Il y a deux ans, quand mon père a quitté ma mère pour Nathalie, je n'ai pas pleuré. Mes parents m'ont tout expliqué. Papa m'aime autant, même s'il ne vit plus sous le même toit que nous. J'ai une belle chambre à moi, chez lui. Un téléviseur neuf, un ordinateur neuf, un vidéo neuf… Et je peux le voir aussi souvent que j'en ai envie. Alors, pourquoi pleurer ?

Mais, quelques jours après son départ, j'ai commencé par avoir un bon rhume. Un rhume en plein mois de juillet ! Puis une sinusite, une bronchite, et tout ce qui finit en « ite ».

Jusqu'au jour où tout a éclaté… Une explosion de chagrin et de colère ! Je lui en voulais terriblement de nous avoir quittées. Tous les soirs, je frappais dans mon oreiller, jusqu'à ce que je finisse par m'endormir. C'est à partir de ce moment-là que mon rhume a commencé à guérir…

MISSION
SUPER-SPÉCIALE

Dafi a sept ans. Il est tout noir, même ses yeux sont noirs. Il sait lire l'heure. C'est vrai! Tous les jours, entre quinze heures dix et quinze heures vingt, il gratte à la porte pour sortir. Il sait que je reviens de l'école à cette heure. Étendu sur le gazon, il attend. Quand l'autobus tourne le coin de la rue, Dafi jappe, hurle et gambade dans tous les sens. Dès que le chauffeur ouvre la porte, il saute sur moi et colle son museau tout humide dans mon cou et mes cheveux.

Jeudi dernier, il s'est faufilé entre les élèves et a réussi à monter dans l'autobus. Tous les enfants riaient et se bousculaient pour le toucher. Puis nous sommes sortis du véhicule ensemble, comme si Dafi avait passé la journée à l'école, avec moi. Demain, il n'y aura plus de Dafi à bord. Ni après-demain…

Je n'ai rien avalé ce soir. Pourtant ma mère a préparé mon repas préféré. J'ai tout donné à Dafi. Habituellement, il n'a pas le droit de manger nos restes de nourriture, mais ce soir, c'est spécial… c'est le dernier repas du condamné à mort.

Pendant que Dafi dort paisiblement, je vais chez mon amie Ariane. Ses parents visitent l'Italie. Durant leur absence, Francis, son grand frère, s'occupe de tout.

Après avoir fait le tour de la planète à bicyclette, nous regardons une émission de télévision dans son sous-sol. Ariane ne sait plus quoi faire pour me changer les idées. Tout à coup, elle me regarde droit dans les yeux et dit :

— Alexandra, j'ai un plan ! Dafi ne mourra pas !

Il n'en fallait pas plus pour que j'arrête net de pleurer.

Comme Francis n'en finit plus de faire la navette entre le sous-sol et la cuisine, Ariane sélectionne une émission de Canal Famille. Il trouve le programme ennuyant et nous quitte enfin. Nous pouvons maintenant discuter de notre plan.

Nous parlons tout bas, il ne faut surtout pas que Francis se doute de quoi que ce soit. Il prend son rôle de gardien tellement au sérieux!

Nous prenons ensuite un cahier rouge, sur lequel nous inscrivons en grosses lettres noires : « MISSION SUPER-SPÉCIALE », et en sous-titre : « L'AFFAIRE DAFI ». Nous notons tous les détails de notre mission, puis je retourne chez moi, décidée à mettre notre plan à exécution. Je sens tout à coup qu'il y a de l'espoir, que le sort réservé à Dafi va peut-être changer.

Je suis encore tout excitée quand j'arrive à la maison, mais en apercevant ma mère, je fais semblant d'être triste. Je ne dois éveiller aucun soupçon, c'est la vie de Dafi qui est en jeu.

À vingt heures, j'enfile mon pyjama par-dessus mon chandail et mes culottes courtes, et je me glisse sous les couvertures. De cette façon, je pourrai agir plus rapidement.

De ma chambre, j'entends l'eau couler dans la baignoire. Ma mère prend toujours un bain avant de dormir. Je marche alors sur la pointe des pieds jusqu'à l'armoire où se trouve la nourriture de Dafi. Je saisis une boîte de conserve à la viande et la boîte de biscuits pour chiens. Comme c'est toujours moi qui m'occupe des repas de Dafi, ma mère ne remarquera rien. Puis je retourne rapidement dans ma chambre. Je vide mon sac d'école et j'y mets la nourriture de Dafi.

Quinze minutes plus tard, ma mère sort de la baignoire. À vingt-deux heures, elle va dormir. Je ne dois pas fermer l'œil, sinon c'est fichu pour Dafi. Vers vingt-trois heures, tout est silencieux dans la maison. J'enlève mon pyjama, je glisse la moustiquaire et sors sans faire de bruit par la fenêtre de ma chambre, une paire de ciseaux dans une main et mon sac d'école dans l'autre. Je me dirige ensuite vers le fond de la cour, là où se trouve Dafi. Il se pointe aussitôt le museau hors de sa niche. Je m'empresse de lui dire sévèrement «Couché!» Il me reconnaît, s'excite, puis rampe jusqu'à mes pieds. Il veut jouer. Dafi ne sait pas, le pauvre, que si je suis là, c'est pour lui sauver la vie…

Je coupe sa corde, j'en effiloche l'extrémité afin de faire croire que l'usure a permis à Dafi de briser la longe et de s'enfuir. Puis je l'entraîne vers le trottoir en espérant ne pas croiser nos voisins.

Heureusement, les rues sont désertes et peu éclairées.

Dafi me suit sans japper. Lorsqu'il s'arrête, je sors de mon sac un biscuit et le lui donne pour l'encourager à continuer. Il reprend alors le pas. Ils ont toujours faim, les chiens !

J'aperçois enfin la maison d'Ariane. Sans bruit, Dafi et moi longeons prudemment la haie. L'obscurité nous rend la tâche difficile, mais du fond de la cour, je peux voir la chambre d'Ariane. Le clignotement de sa lampe de poche m'indique qu'il n'y a pas de danger ; son frère Francis dort à poings fermés.

Ariane ouvre la fenêtre. Dafi tente d'aboyer joyeusement comme s'il s'agissait d'un jeu, mais nous lui clouons aussitôt le bec. S'il fallait que Francis nous entende, il téléphonerait sûrement à l'ambassade du Canada en Italie pour tenter de joindre ses parents ! Nous devons être très prudentes.

Il est plus de vingt-trois heures trente. Il faut faire vite. Je sors la nourriture de mon sac et j'entraîne Dafi dans le fond de la penderie. Ariane lui a préparé un beau petit lit douillet. J'embrasse très fort mon chien sur le museau et je remercie mon amie pour son aide. Je sors sans bruit. Dafi tente de me suivre. Ariane l'attire aussitôt avec un morceau de chocolat. Il ne peut résister au chocolat. Moi non plus d'ailleurs, j'ai même failli faire « la belle » pour en avoir aussi…

4

LES CHOSES
SE COMPLIQUENT...

Je fonce dans l'obscurité et traverse les terrains clôturés des voisins. J'aperçois soudain M. Lacasse et son affreux teckel à poil ras. Que fabriquent-ils dehors à cette heure? Il ne faut surtout pas que son idiot de chien sente ma présence, sinon tout le voisinage sera alerté, y compris ma mère.

Accroupie derrière la clôture, je peux à peine respirer. Ce n'était pourtant pas prévu dans notre plan… Dans les films de missions spéciales, tout finit toujours par s'arranger. Est-ce comme ça dans la vraie vie? J'en doute, car malheureusement, l'idiot de teckel trottine vers moi. Pas de panique. Je dois rester calme.

Le chien s'installe maintenant pour faire ses besoins. La brise ne m'épargne pas les odeurs! Après quelques secondes d'immobilité, il reprend le pas. Mon cœur bat si fort que j'ai peur qu'il l'entende. Ce chien stupide va-t-il tout gâcher? Si Dafi était là, il n'en ferait qu'une bouchée, de ce teckel.

Au moment où je ferme les yeux, résignée à me rendre, M. Lacasse appelle son chien… L'affreux cabot rejoint aussitôt son maître. Ouf!

Merci mon Dieu! Un peu plus et je faisais dans ma culotte! Je promets de ne plus jamais traiter ce teckel d'idiot ni de l'imaginer en bro- chettes sur le barbecue.

M. Lacasse rentre enfin chez lui, accompagné de son «superbe» teckel. Je continue ma course. Arrivée dans ma chambre, j'enlève mes vêtements et enfile mon py- jama.

Le lendemain matin, ma mère me réveille, le visage aussi pâle que son chemisier.

— Alexandra, j'ai une mauvaise nouvelle…

Assise sur le bord de mon lit, j'attends en silence.

— Alexandra, dit-elle douce- ment, Dafi n'est plus là. Il a rongé sa corde et s'est enfui…

Je rassemble alors tous mes talents de comédienne, et je lui joue la scène la plus touchante de ma vie. Je crie, je pleure, je gémis, comme si l'on venait de me poignarder en plein cœur. Déconcertée, ma mère me dit de me calmer. Je pense que j'en ai mis un peu trop… Je cours jusqu'à la cuisine et regarde par la fenêtre.

— Où est Dafi ?

Je cache mon visage, je n'ai plus de larmes…

Nous patrouillons, ma mère et moi, les rues du voisinage, à la recherche de Dafi. Chaque fois que nous croisons un voisin, nous lui demandons s'il a vu notre chien. Ma mère se donne beaucoup de mal pour essayer de retrouver Dafi.

— Tu sais Alexandra, me dit-elle finalement, je devais conduire ton chien chez le vétérinaire aujourd'hui et, même si nous le retrouvons, je ne peux revenir sur ma décision…

UNE PASSE
INTERCEPTÉE

J'arrive à l'école avec quelques minutes de retard. Ariane m'attend près de la clôture. Ses yeux sont rouges comme si elle avait pleuré. Je comprends tout de suite que quelque chose ne va pas. Au moment où Ariane s'approche pour tout me raconter, la surveillante nous fait signe d'avancer en silence. Qu'est-ce qui a bien pu se passer?

En classe, je me retourne sans arrêt vers Ariane. Elle a les yeux fixés sur son test. C'est insupportable! Je veux en savoir plus long. Je griffonne alors un «Que se passe-t-il?» sur un bout de papier et je brise la mine de mon crayon en l'appuyant sur le talon de ma chaussure. Comme le pupitre d'Ariane se trouve près du taille-crayon, je me dirige innocemment vers elle. Quand je passe devant le pupitre de Claudie, celle-ci fait sa crise d'hystérie habituelle et cache aussitôt sa feuille. J'ai la mauvaise idée de lui dire que je ne suis pas intéressée à copier ses fautes, puisque je souhaite réussir mon test et…

— Alexandra! lance Carmen. Je préfère qu'aucun élève ne circule dans la classe durant l'examen. Tu connais l'importance de cette évaluation de fin d'étape.

— Oui, mais la mine de mon crayon est brisée.

— Viens ici, je t'en prête un à l'instant.

— C'est trop gentil…

Ariane n'a même pas levé la tête pour voir ce qui se passe. Habituellement, elle a toujours le nez en l'air. Son attitude m'intrigue d'avantage.

Comme je n'arrive pas à me concentrer, j'attire alors l'attention de ma voisine Joannie. Je lui fais signe d'expédier le bout de papier jusqu'au pupitre d'Ariane. Joannie le donne à Antoine qui, lui, le remet à Catherine. Mais au moment où celle-ci s'apprête à le glisser vers sa voisine, Claudie intercepte la passe et tend le papier à Carmen. Direc-

tement dans le but adverse! Ce qui ne veut pas dire pour autant que je viens de marquer un point. Au contraire, je risque même de perdre tous ceux que j'ai sur ma feuille…

Carmen souhaite des explications. Je l'informe de mon inquiétude pour Ariane. Elle me rappelle que ce n'est pas le moment de déranger les autres, mais elle se dirige tout de même vers Ariane et s'assure que tout va bien. Celle-ci ne comprend rien à l'intérêt que lui porte soudain Carmen.

Quand la cloche sonne pour annoncer la fin de cette interminable période, je me précipite vers Ariane. J'apprends que Francis a tout découvert…

LE RETOUR

L'aéroport de Dorval me semble immense. Il y a des gens et des valises partout. Des gens excités de partir et d'autres, heureux de revenir. Quand les parents d'Ariane traversent les portières à leur tour, nous les accueillons avec enthousiasme.

Sur le chemin du retour, Francis raconte toute l'histoire entourant

Dafi. Les parents d'Ariane n'apprécient pas la nouvelle. Son père n'aime pas les chiens, mais il accepte tout de même de garder Dafi, le temps qu'on lui trouve un nouveau foyer. Ce délai ne doit pas excéder deux semaines…

Assises sur un banc, dans le parc près de l'école, Ariane et moi observons les gens qui promènent leur chien. Après quelques minutes de silence, je prends une feuille dans mon sac d'école et j'y inscris tout en haut : « CHIEN À DONNER ».

De grosses larmes coulent sur mes joues. Je n'ai plus le choix…

CHIEN À DONNER

- Répond au nom de Dafi.
- Mélange de berger allemand et d'humain.
- Sept ans, mais jeune de cœur.
- Apparence soignée. Poids proportionnel à sa taille. Vacciné. Toutes

ses dents. Sait lire l'heure. Aime
les sorties dans la nature.
- Prix: Lui donner amour et affec-
tion tous les jours.
- Bol, nourriture et laisse en sus.

<u>Entrevue obligatoire</u>. Pour infor-
mations supplémentaires, voir
Alexandra Tardif, classe de Carmen.

M. Beaupré, le directeur de l'école, m'a accordé la permission d'afficher ma petite annonce sur le babillard de l'entrée principale. Même s'il ne connaît pas toute l'histoire, il est très touché par ce qui m'arrive.

Personne n'a remarqué l'annonce, jusqu'au jour où Marc-André Marquis, un élève de sixième année, s'y intéresse.

— Hé! Alexandra! As-tu toujours ton chien?

— Oui, pourquoi?

— Je cherche un berger allemand déjà dressé, et le tien me semble parfait. Je passe le prendre vers dix-neuf heures! Où habites-tu?

Tout va trop vite tout à coup. Ce garçon m'étourdit.

Je ne sais plus quoi répondre. Ce n'est pas aussi simple; c'est de

Dafi que nous parlons. Je l'informe que plusieurs personnes sont intéressées à l'adopter et que je devrai en choisir une parmi les candidats retenus. (Décidément, je mens comme je respire!)

Marc-André semble sceptique, mais il comprend vite qu'il n'a pas vraiment le choix. Il note l'adresse d'Ariane et s'en va.

M. Beaupré s'approche discrètement. Il a l'air préoccupé.

— Bonjour, Alexandra! J'ai vu Marc-André décrocher ta petite annonce du babillard. S'intéresse-t-il à ton chien?

— Oui, beaucoup.

M. Beaupré ne parle plus, il baisse les yeux. Je ne comprends pas son attitude. Il est bizarre... Après quelques instants de silence, il ajoute:

— Tu dois prendre le temps de bien choisir le nouveau maître de ton chien.

Puis il repart aussitôt. Pourquoi cet intérêt soudain pour mon chien ?

7

L'ENTREVUE

Installées dans le sous-sol chez Ariane, nous attendons Marc-André Marquis. Le cahier rouge « MISSION SUPER-SPÉCIALE » est posé sur la table, devant nous. Ariane et moi avons préparé quelques questions pour l'entrevue.

Marc-André se présente avec quarante minutes de retard… Sa note baisse automatiquement de deux points pour non-fiabilité. Mauvais départ! Et il n'a pas encore ouvert la bouche…

Pendant que je pose les questions, Ariane note quelques observations. Marc-André ne semble pas nous trouver très drôles.

— As-tu déjà pris soin d'un animal, Mars-André?

Il répond qu'il a déjà eu un chat, un hamster et un chien.

Son chat est mort d'une diarrhée chronique; le hamster, de vieillesse et le chien, écrasé par une voiture.

— Ton chien n'était pas attaché?

— Il était dans la maison et, quand mon petit frère a ouvert la porte, il est sorti et…

En entendant ces mots, je regarde aussitôt Ariane. Elle me glisse discrètement un bout de pa-

pier sur lequel elle a inscrit : − 2.
Tout le monde sait que les jeunes
enfants sont de petites pestes
pour les animaux. Ils confondent
les chiens et les chevaux, et Dafi
n'est pas équipé pour l'équitation.
Marc-André gagne cependant plusieurs points lorsqu'il mentionne
qu'il y a un grand terrain derrière

sa maison. Dafi pourrait s'y promener à son aise.

Marc-André semble de plus en plus impatient. Je le sens sur le point de mettre fin à notre entrevue. Pour détendre l'atmosphère, Ariane lui offre un verre de jus de fruits.

Nous procédons maintenant à la deuxième partie de l'entrevue. Ariane va chercher Dafi. En apercevant Marc-André, il se met aussitôt à japper. Celui-ci s'approche doucement, le rassure et lui flatte le dessus de la tête. Dafi le renifle sous toutes ses coutures, puis me rejoint. Marc-André gagne plusieurs points pour ce premier contact très positif.

À la fin de l'entrevue, je lui fais part de son résultat. Il connaîtra demain le verdict final.

8

REVIREMENT

Le lendemain matin, je croise Marc-André Marquis dans le corridor de l'école. Il sort du bureau de M. Beaupré. Il me regarde sans me saluer et se dirige vers l'entrée principale. Il épingle ma petite annonce sur le babillard. Que se passe-t-il? Marc-André n'est plus intéressé par Dafi?

Comme je tente de le rejoindre pour avoir plus d'explications, M. Beaupré m'arrête. Il me dit, l'air très sérieux :

— Alexandra, j'aimerais que tu passes à mon bureau après l'école. Je veux discuter avec toi.

Je me sens tout à coup mal à l'aise, comme si j'étais coupable de quelque chose, sans savoir de quoi. Qu'est-ce qu'il me veut ?

À l'heure du dîner, je tente de revoir Marc-André, mais dès qu'il m'aperçoit, il s'éloigne à toute vitesse. Décidément, ça devient de plus en plus bizarre…

L'après-midi n'en finit plus. Quand la cloche sonne, je me rends au bureau de M. Beaupré. Je prends une grande inspiration et frappe à sa porte. Il ouvre et m'invite à entrer. J'avance d'un pas, mais ce que je vois me paralyse sur place !

Mon père et ma mère sont là, assis tous les deux, ensemble, devant moi… J'ai l'impression que je viens de plonger dans un bain de confusion. Si ma mère a accepté de se retrouver dans la même pièce que mon père, c'est qu'il doit se passer quelque chose d'assez grave, car elle ne lui adresse plus la parole depuis leur séparation. Je n'arrive pas à articuler un seul mot…

M. Beaupré me fait signe de prendre place.

— Mais que se passe-t-il?

Mon père me fait tout à coup un clin d'œil, le genre de clin d'œil qu'il me fait habituellement pour m'assurer que tout va bien. Ma mère me regarde et elle sourit. Je n'y comprends rien.

M. Beaupré prend la parole:

— Tu sais, Alexandra, commence-t-il, quand j'avais ton âge, j'ai eu moi aussi un chien. Je l'aimais beaucoup. Un berger allemand, comme Dafi. Mais un jour, mon chien est tombé gravement malade. Le vétérinaire a tout fait pour le soigner. Comme il ne guérissait pas et souffrait atrocement, mon père a dû le faire tuer. J'ai eu beaucoup de peine. Je n'avais plus envie de m'amuser, de rire, de courir. J'avais perdu un ami très cher. Quand je t'ai vue afficher ta petite annonce au babillard, j'ai été très touché par l'idée que tu devais te séparer, toi aussi, de ton chien. Cela m'a fait revivre de bien tristes souvenirs. J'ai alors téléphoné à ta mère… Je voulais t'aider…

En entendant ces paroles, je me retourne vers ma mère, l'air piteux.

Un silence règne maintenant dans la pièce. Honteuse, je baisse les yeux. Ma mère se décide enfin à parler :

— J'ai été très déçue, Alexandra, d'apprendre tout ça. J'ai eu l'impression que je n'allais plus pouvoir te faire confiance. Ensuite, j'ai pris le temps de me calmer et de considérer toute cette histoire selon ton point de vue. Je sais que tu aimes beaucoup Dafi. Il te suit pas à pas, depuis que tu es toute petite. Je sais aussi que tu n'as pas choisi de déménager dans un endroit où les chiens ne sont pas admis. Quand j'ai pris conscience de tout le mal que tu t'es donné pour garder Dafi en vie, j'ai décidé de téléphoner à ton père pour lui parler de la situation.

Mon père se tourne vers moi.

— Quand tu viendras à la maison, tu pourras voir Dafi. Nathalie est d'accord, nous prenons Dafi avec nous.

Puis, d'un sourire moqueur, il ajoute :

— Sommes-nous obligés de passer une entrevue ?

Après avoir remercié M. Beaupré, nous quittons son bureau. Je regarde mes parents, un petit serrement au cœur. Marcher avec eux me rappelle les moments où nous étions ensemble, tous les trois.

Comme nous sortons de l'école, Marc-André Marquis nous rejoint.

— Tu as oublié ça, Alexandra !

Il tient dans sa main la petite annonce que j'avais affichée sur le babillard.

— M. Beaupré m'a raconté toute l'histoire ce matin et il m'a fait promettre de garder le secret. J'ai préféré te fuir aujourd'hui, car je ne suis pas très doué pour raconter des mensonges… J'aurais aimé adopter Dafi, car il correspond au

57

chien que je cherche, mais je suis content pour toi.

Marc-André nous salue et s'en va.

Vers dix-neuf heures, Ariane me rejoint au parc. Nous notons dans le cahier rouge « MISSION SUPER-SPÉCIALE » tous les détails de cette histoire. Nous terminons en inscrivant au bas de la page : « AFFAIRE CLASSÉE ».

Comme nous refermons le cahier, David Beauregard passe devant nous. Il me sourit et poursuit son chemin. Encore sous le choc, je regarde Ariane en silence. Elle a tout compris… et pouffe de rire. J'ouvre de nouveau le cahier rouge et j'écris sur une page toute blanche : « L'AFFAIRE DAVID BEAURE-GARD » …

TABLE DES MATIÈRES

Carole Muloin

Aventurière dans sa tête et dans la vie, Carole Muloin a deux grandes passions: l'écriture et les montagnes.

Qu'elle soit chez elle, ou sur le sommet d'un mont, elle a toujours à sa portée du papier et des crayons. Elle y exprime ses sentiments, note des moments importants, ou invente des histoires pour enfants.

L'affaire Dafi est son premier roman pour la jeunesse.

SÉSAME

Collection Sésame